Wir wollten Gerechtigkeit und bekamen den Rechtsstaat.
Bärbel Bohley

Thanassis Nalbantis

Weggesperrt

Aus einem Forum im Internet

Dieses Protokoll ist fiktiv, Ähnlichkeiten mit lebenden Personen wären Zufall.

Bibliografische Information der Deutschen Nationalbibliothek:
Die Deutsche Nationalbibliothek verzeichnet diese Publikation in der Deutschen Nationalbibliografie; detaillierte bibliografische Daten sind im Internet über http://dnb.dnb.de abrufbar.

TWENTYSIX – Der Self-Publishing-Verlag - Eine Kooperation zwischen der Verlagsgruppe Random House und BoD – Books on Demand

Herstellung und Verlag: BoD – Books on Demand, Norderstedt

ISBN 978-3-740-72910-3

Korrektorat: Michael Münch

Umschlag-Gestaltung und Fotografien: Thanassis Nalbantis.

© 2017 Thanassis Nalbantis

Weggesperrt

Was taugt ein Forum ohne vielerlei Stimmen. Nur gut, sich nicht auch im alltäglichen Leben zu begegnen? Manchmal gibt es Verbindungen.

Ad007 (24.12.2014 09:58) 113 | ☹ **8**

Sorry für die Pause. Bin Euer Admin, neuen Nickname seht Ihr ja. Hallo zusammen, kurzer Sachstand:

Ältere Beiträge dieses Forums fielen leider der Hackerattacke zum Opfer, können nicht rekonstruiert werden. Verkneift Euch bitte Spekulationen. Für den Hack kommen ja nicht allzu viele Leute in Frage. Unseren Schneid lassen wir uns nicht nehmen. Angst? Das ist vorbei. Falls Ihr bereits früher hier gepostet habt und sich vielleicht Kopien davon in Eurem Besitz befinden, so meldet Euch bitte. Aber wir wollen Vergangenheit ja nicht bloß verwalten, also, das Forum ist aufs Neue eröffnet. Sozusagen mein kleines Präsent zum Fest :-)

Engel_133 (25.12.2014 21:42) 11 | ☹ **2**

Frohe Weihnachten erstmal. Und einen guten Vorsatz – steht ja auch bald an – zum Nachahmen in die Runde empfohlen: Leute, steigt in Eure Archive, sucht, wühlt, kramt, auf dass Ihr noch was findet vom Beschreiben alter Tage! Wenn da nichts ist, dann sicher in Euren Erinnerungen.

Fange mal so an: Wie der Typ richtig hieß, weiß ich nicht mehr, wir nannten den Schließer unter uns „Sergeant Blum". Der ließ uns Blumen gießen, selbst wenn's in Strömen regnete. `79 war ich da. Die Blumenbeete rechts und links vorm Barackeneingang der Assis waren ihm sehr, sehr wichtig. Einer, der Blumen über alles liebt, kann doch nicht verkehrt sein, oder? Dieser Schließer tat auch nur seine Pflicht, oder?

Bist du auch keineswegs unschuldig eingefahren, deine Unschuld verlierst du erst hier.

Brummbeere (27.12.2014 11:18)　　　　　　　　7 ☺ | ☹ 0

Liebe FF (ForumsFreunde), auch von mir nachträglich Frohes Fest und auch einen Guten Rutsch! Lasst uns also neu starten. Und wenn wir neu starten, egal ob Sgt. Blum, der MedPunktMetzger oder die Barackenkapos, hoppla, Gruppenführer nannten die sich ja, also auch die Schweinereien untereinander, besonders ab der Nachtschließe sind niemals vergessen.

Vergiss nie Deine Träume, hier kannst Du Dich ihrer vergewissern.

Engel_133 (27.12.2014 21:52) 37 ☺ | ☹ 41

Hallo, möchte noch mal was sagen. Hier wird doch einiges erzählt, was so nicht stimmt, sorry, nicht gewesen sein kann. So nicht, meiner Meinung nach. Sollten wir diesmal achtgeben.

Mich hat's von 79 bis 81 erwischt, 32 Monate, davon 7 immer wieder mit Verhören, vier im Haftkrankenhaus Walldorf, war zusammengebrochen, kein Wunder, kennt Ihr ja, der eine oder andere. Die haben in der Klinik was gefunden, was Organisches, musste bestrahlt werden, dazu Pillen schlucken, wurde dann erträglich. Die haben sich durchaus gekümmert, medizinisch. Das wollte ich loswerden.

Bist du auch keineswegs unschuldig eingefahren, deine Unschuld verlierst du erst hier.

Ad007 (30.12.2014 09:02) 53 ☺ | ☹ 17

Hallo Engel_133, erstmal willkommen bei den FF. Schön, dass Du Deine Erfahrungen hier einbringst. Die Walldorfer Ärzte doktern sich ja damals wie heute ordentlich gesund mit Patientenversuchen und Pharmaaufträgen, als gäbe es unterm Ethos keine Raffkes. Bin unlängst vorbei, da steht ordentlich Kubikraum auf den Parkplätzen. Trage bitte auch in der Rubrik „Zeitschiene" Deine Haftzeit ein und die genauen Orte

Deiner Inhaftierungen und Arbeitsstellen. Die Unterlagen der einstigen Behörden sind nicht mehr auffindbar (derzeit, wer weiß), wir müssen diese Lücken mit unseren Erinnerungen füllen, auch über Götter in Weiß mit Schulterstücken. Lohnstreifen fände ich sehr interessant. Bei Fragen kannst Du gern auch mich direkt – oder andere Vorstandsmitglieder – im privaten Komm.-raum[*] ansprechen.

Ad007 (30.12.2014 14:37)   41 ☺ | ☹ 5

Apropos Ärzte, wollte keinem Weißkittel zu nahe treten, nichts für ungut. Bin ja froh, wenn ich in der Praxis nicht zu lange warten muss, auf einen Termin überhaupt. Also an die Ärzte und Krankenpfleger hier im Forum: nicht persönlich nehmen!
Will mich mal zurückhalten hier. Ganz ehrlich, wer will schon einfach so Held sein? Das drücken einem die anderen auf. Ist jetzt ein Sprung, ja. Ging mir grad durch den Kopf. Ganz ehrlich, was habe ich geheult, Schlosshund an der Kette, im wahrsten Sinn, wenn man denen so ausgeliefert ist, nicht einfach mehr zur Tür rausgehen und Tschüss. Ja klar, da hätte ich mich immer gern verdrückt, wäre so gern feige Sau gewesen. Wenn ich doch die Zeit zurückdrehen könnte, hatte ich

---

[*] Private Mode

mir gewünscht, so oft, am Anfang, bis ich mich doch irgendwie gewöhnte. Jetzt aber drehen wir die Zeit keinesfalls zurück! Ist zwar nicht grad so, dass wir jetzt am Drücker wären, aber nie mehr deren Spielzeug!

CH3KK3R (01.01.2015 11:03)   61 ☺ | ☹ 37

Hi Engel: Wieso beschwichtigst Du bei den Ärzten? Von wegen „erträglich"! Und andererseits Dein Spruch immer mit der „Unschuld". Verstehe ich nicht. Passt irgendwie nicht zusammen.

Hi zusammen! War erst mal 6 Wochen in der Stephanstr., Lehrjahre, so ewig schien es und so neu war alles und so bitter die Lektionen: Kloschüssel mit der Hand ausschöpfen, Klopfzeichen lernen, nicht hinlegen dürfen am Tag, kein Licht aus bei Nacht. Ständig Kommandos aus dem Nichts: Hinstellen! Hände vorzeigen! Mit dem Gesicht zur Wand! Nachts: Hände oben auf die Decke! Zum Essen fassen an die Tür treten! Zum Hofgang vorbereiten! Nicht reden! Keine Zeichen beim Hofgang! Essen beenden, Geschirr rausgeben! Stillgestanden! Nicht pfeifen! Stillgestanden! Stillgestanden!

Dann Prozess im Schnellverfahren, halbe Stunde: Unterschreiben Sie das Urteil, wenn's nicht schlimmer werden soll! 36 Monate Zuchthaus mit Arbeitsdienst, nach 20 Monaten freigekauft, freigekauft! Für Geld, obgleich Geld von Staats wegen verdammt war. Wie auch immer, wir stiegen in einen Bus ein und wo wir ausstiegen, das wisst ihr.

6 Wochen Stephanstr. + 20 Monate G.Elend + verkauft!

G.Nosse (01.01.2015 22:08)   19 ☺ | ☹ 31

Wissen wir, kennen wir, nichts Neues. Durftest Du etwa Deinen Zellengenossen trauen? Was ist mit Deinen Verhörern, mit Deinen Denunzianten? Tummelt sich vielleicht einer hier im Forum? Hi CH3KK3R, nichts aufgefallen? Was glaubst Du wohl, wofür mein Nickname steht? Du meinst, auf der richtigen Seite zu stehen? @ A007: Du hast richtig gecheckt, bist kein bisschen am Drücker! Haha! Muss gar nicht erst herausfinden, wer Ihr alle hinter Euren Masken wirklich seid. Nur das zählt, ist die Wahrheit, dass Ihr Euch immer noch versteckt. Kommt nicht auf die Idee, eben das jetzt mir vorzuwerfen. Das ist kein Kindergarten, nicht mit mir! Habe auch keinen Spaß daran, Euch hier Pelz und Wunden lecken zu sehen. Also, versteckt Ihr Euch hier oder was bedeutet der ganze Mummenschanz? Beichtet Euch gegenseitig Eure Tragödchen. Hat hier nicht einer die Eier und beendet das Ganze? Was habt Ihr Euch zu erzählen, was wir alle nicht längst wüssten? Vergesst die Nachwelt und dass sich Vergangenes nicht wiederholen darf, ist eben so, die Vergangenheit macht, was sie will. Schaut Euch doch an! Ihr lebt im Gestern! Will Euch sagen, dass es mich heute noch gibt und morgen auch, Euch nicht.

Schild (04.01.2015 08:40)   41 ☺ | ☹ 13

Lasst euch nicht provozieren. Ich finde es wirklich klasse, wie ihr diese schwierige Zeit aufarbeitet und diese Bande. Man hat ja Angst, dass solche immer wieder davon kommen. Habe das ja nie erleben müssen, zum Glück. Gab einen nahen Verwandten, dem es ähnlich erging wie vielen hier. Ich verfolge eure Posts, um besser zu verstehen, wovon er mir so oft erzählte. Soll ihm auch berichten, weil er es gesundheitlich selbst nicht mehr schafft. Hat auch damit zu tun, was ihm wiederfahren ist. Vieleicht sollte man noch deutlicher Klartext reden. Hier gibt's ja auch einen Gefängniswärter in der Runde, war damals dabei, heute unter neuen Herrn erneut. Ist so was glaubhaft, wenn er sich angeblich offenbart? Ist sogar im Vereinsvorstand. Wie kann das sein? Stellt das nicht euer ganzes Anliege in Frage? Nichts gegen Versöhnung oder so, aber mit so einem? Also erklärt's mir bitte, vielleicht ist es ja zu verstehen. Mein Verwandter jedenfalls ist ratlos. Wenn er unter diesem Schließer selbst leiden musste, dann verstehe ich das sehr gut. Vermögen das ein paar wohlgewählte Worte einfach rückgängig zu machen? Ist das dieser Ehrenkodex, der unter Männern so läuft? Vielleicht kann mich mal jemand einweihen. Oder aufklären. Vielen Dank :-)

1st Step (04.01.2015 11:01) 29 ☺ | ☹ 7

Wenn doch was passieren würde! Die Typen sind bekannt! Wenn nicht endlich was geschieht! Ich weiß, wo meine Schließer wohnen und was die machen. Ja, der eine arbeitet weiterhin im Gefängnis. War unter den alten Herren ein Häkchen, weil beizeiten gekrümmt, und unter den neuen ebenso. Was sollen Gedächtnisspaziergänge an historischem Ort? Ist für mich kein bisschen historisch, ist sehr lebendig, nachts zu oft. Was sollen diese Typen da? Absolution gibt's nicht, die Presse tut so, als würden die was bereuen, glaube ich nicht. Wenn das Forum hier nicht zur Sache kommt, bleibt ja nur noch, sich selbst zu kümmern. Tschüss.

Schild (06.01.2015 17:32) 33 ☺ | ☹ 8

Was ist nun mit dem Schließer? Hat er keine Eier? Was ist mit seinen Spezies im Verein? Ist das hier `ne Spezlwirtschaft und einer versteckt sich hinterm andern? Macht sich gut, wenn der Wind von vorne kommt. Das kann doch nicht wahr sein! Was treibt ihr hier? Der muss doch als erster bekennen, was für`n Scheißer er war. Jeden Tag muss er das sich selbst bekennen und jeden zweiten Tag uns hier im Forum! Wofür habt ihr den hier aufgenommen. Weil er's nicht so gemeint hat? Ein riesengroßes Arschloch! Ein Schinder! Folterer! Skrupelloser Egoist, jederzeit seinen Vorteil im Auge! Ein Lügner gestern, heute und für immer. Kein Wort kann man ihm glauben und denen, die zu ihm stehen. Feiglinge sind sie sowieso, verstecken sich hinter Regeln, die sie fünf Minuten später nicht mehr akzeptieren wollen, verstecken sich jetzt sowieso. Feiglinge, das ist es.

Hey Schließer, willst du nicht mal rauskommen.

1st Step (09.01.2015 21:17)　　　　　53 ☺ | 30

Hab den einen Schließer vom Auto aus vor seinem Haus beobachtet. Vor allen: den Richter im Blumengeschäft, beim Schneider, im Supermarkt. Und glaubt's oder nicht: in der Wichsbude. Dem blieb ich hintendran. Bin ihm zwanzig Minuten hinterher gefahren, mindestens zwanzig Minuten, dann nochmal soviel bis zu ihm nach Hause. Das soll wohl normal sein, ein ganz normales Leben, von wegen. Scheißegal, ob der

Frau & Kinder hat wie andere auch und mit dem Bus zum Büro fährt. Soll ich den an der Haltestelle abgreifen, betäuben, ab zum Flughafen und zum Gericht meiner Wahl? Wo sollte das sein? Kein Staatsanwalt in Sicht, der für die Höchststrafe plädiert. Weil der Typ nicht ganz so viel auf dem Kerbholz hat, wäre das falsch verstandene Gleichberechtigung? Welches Land hat sich irgendwo konstituiert, wo wir Gerechtigkeit erfahren könnten? Habe ich weniger Anspruch auf Gerechtigkeit, Genugtuung, Rache als andere im letzten, in diesem Jahrhundert? Muss ich mein Leid wiegen nach anderer Leute Gewichte? Wo ich mich doch bekannt habe zu meiner Freiheit, einem kleinen bisschen eigenen Willen. Meine Tochter war weg, zur Adoption gegeben, da von mir hinter Gittern nicht genügend versorgt. Bin ich weniger glaubwürdig, sobald ich die Hilfe anderer bemühe? Weil ich mir wünsche, den Richter, der da aus dem Bus steigt, möge der Blitz treffen? Oder ein Auto mit dem Kühler? Weil ich im Namen des Volkes Vollgas gegeben habe? Tschüss.

1st Step (10.01.2015 00:32)   7 ☺ | 5

Ist mir bitterer Ernst. Drauf und drüber und hin und her könnte ich diese ganze Bande platt fahren. Tschüss.

Brummbeere (12.01.2015 07:48)   14 ☺ | ☹ 2

@ 1st, mach dich nicht unglücklich ;-)
Wenn ich auch ebenso satt bin von diesen Typen, mich lässt nicht in Ruhe, was wir uns gegenseitig antaten. Für Extrarationen Wurst und Marmelade ging's ab dem Nachteinschluss zum Raum am Ende des Ganges hinter einen Deckenvorhang ins Parterre eines Dreistockbettes zwecks Druckabbau und Muffen versilbern. Ne ganze Menge sind da angetreten, Rosi machte es Spaß und er tauschte die Zusatzrationen in Zigaretten, nackte Völlerei sozusagen, den Darm vollgeschlagen.

Vergiss nie Deine Träume, hier kannst Du Dich ihrer vergewissern.

Schild (16.01.2015 18:52)   28 ☺ | ☹ 1

Stimme Brummbeere zu, Fremdschämen ist längst nicht genug. Meine da aber jetzt nicht eure Wichsereien und so. Redet mal wirklich Klartext! Haltet euch ran! Was soll das Veteranengequatsche wie bei Weltkriegskameraden? Ich begreif's nicht, ihr tauscht hier Anekdoten mit eurem Gefängniswärter aus? Und nennt das Aufarbeitung von Unrecht? Ich glaub's einfach nicht. Ja, ja, Brummbeere, da kann man sich doch wohlfühlen in solch' Gesellschaft, die einem alles nachsieht. Du hast dich prima eingerichtet, schön gepuffert zwischen wohlmeinenden Kameraden. Also, ich werde jetzt mal direkt und gebe weiter, was mein Verwandter mir berichtet hat, oder doch nicht.

Brummbeere, sei mal weiter der wohlgeratene, fleißige Bub und beichte selbst deinen Ausrutscher. Anderen nachzustellen hilft da kaum weiter. Das bist doch du, der mir nachschleicht, oder?

CH3KK3R (23.01.2015 23:20)　　　　　　14 ☺ | 0

Hab Euch bei meinem letzten Post anscheinend nichts Neues berichtet. Habe gemeint, Details gehören sich für eine ordentliche Dokumentation wie sie es hier sein sollte. Erinnert sich noch einer an den Handtuchtest, wenn's den denn bei Euch gab?
@Schild: Mir ist nicht klar, worauf Du hinaus willst. Anspielungen sollten unterbleiben, wenn Du dir nicht sicher bist.
@Brummbeere: Was hast Du auf dem Kerbholz? Oder klares Dementi! Spuck's aus und schieb's nicht auf die lange Bank!
Wer ist hier eigentlich der fragliche Schließer? Hast Dich ja fein reingeschlichen, Wichser. Falls Du noch etwas Ehre im Leib hast, Schließer, dann sei froh über Deinen neuen Schließerjob und mach Dich hier vom Acker. Unser Reinheitsgebot verträgt keine natürlichen Trübstoffe von wegen Objektivität

à la Blick von der anderen Seite. Also, Abgang!

6 Wochen Stephanstr. + 20 Monate G.Elend + verkauft!

1st Step (24.01.2015 06:45)   47 ☺ | ☹ 6

Vielen Dank! Eure Zustimmung ist lieb gemeint, vielen Dank für die Posts im PM[*]. Die vom Verein meinten, zu der Nummer mit dem Richter sollte ich mich besser nicht äußern, nicht öffentlich im Forum. Weiß nicht zu sagen, warum. Weiß aber auch nichts Neues hinzuzufügen. Was ist da groß falsch zu verstehen? Wünsche Euch alles Gute. Ja Leute, ich verabschiede mich hiermit. Wie gesagt, habe nichts hinzuzufügen. Wenn einer wie Brummbeere mir wohlmeinend mit Rat kommt, dann ist das keine Plattform, auf der ich mich tummeln muss. Hier stimmt was nicht, das sei Euch noch gesagt, ob Ihr's hören wollt oder nicht. Ob Ihr nun sensibel seid oder blind oder selbstverliebt, Ihr dreht euch bestenfalls im Kreis. Wenn Ihr allein über Euch selbst reden wollt, so sieht es aus, dann weiter so, doch ohne mich. So klar, wie die Fronten damals verliefen, so verwischt sind sie hier und zwar durch Euch, die Ihr doch vorgeblich Klarheit wünscht. Wie soll das gehen, wenn Wenn & Aber zu große Rolle spielen? Also,

---

[*] Private Mode

nehmt's mir nicht übel, eigentlich könnt Ihr mich mal. Und blöde Sprüche kann ich gar nicht gebrauchen, weder hier, noch im Briefkasten oder am Telefon. Da könnte man ja richtig Angst kriegen. Soweit kommt's noch. Tschüss.

Brummbeere (24.01.2015 12:02)   12 ☺ | ☹ 4

Hallo Schild, steckst ja in `nem mächtig tollen Namen, kurz und schmerzfrei. Verbirgste Dich selbst oder doch jemand anderen? Was sollen Deine dämlichen Anspielungen? Habe überlegt, ob ich darauf überhaupt reagieren soll, komische Anspielungen. Was auch immer Du willst, sag's gefälligst nicht um die Ecke. Falls ich mir irgendwas vorzuwerfen hätte, sollte es dabei gewiss nicht um Dich gehen. Wer ohne Fehler ist ... aber alles im Rahmen. Ist ja erwiesen: Die einen streiten stets alles ab, bis zuletzt sind sie's nie gewesen, wissen von nichts. Die anderen, ja, die jedenfalls zeigen auf andere, warum wohl? Um von sich abzulenken! Schild, Du bist wohl eine von den anderen. Sag' doch mal, wovon Du ablenken willst, indem Du mich anzuschwärzen versuchst. Ach ja, hätte ich fast vergessen, die, die sich dann darauf hinausreden, dass sie Schlimmeres verhindert hätten, ohne natürlich je jemandem wirklich geschadet zu haben. Haha! Das kommt natürlich erst, wenn alles Leugnen nichts mehr hilft.

Schild, bist Du eine von denen und machst hier nichts als Stunk? Von wegen Ausrutscher. Lass es sein!

Vergiss nie Deine Träume, hier kannst Du Dich ihrer vergewissern.

Gerald (30.01.2015 18:55) 89 ☺ | ☹ 7

Bin fast sicher, jemandem von Euch damals begegnet zu sein, hab' so 'ne Ahnung. Déjà-vus dürfte freilich nicht allein ich haben angesichts des hier Erzählten. Klar hat jeder sein Schicksal. Die Ohnmacht, die wir erfahren mussten, war allerdings die gleiche. Dann trennten sich die Wege wieder, bis hierher.

Das Danach veranlasst also womöglich unsere unterschiedlichen Blicke auf die erlebte Ohnmacht, bestimmt eher das Danach als das Davor, denn zumeist waren wir damals doch sehr jung. Was ist also danach aus uns geworden? Gibt es konkreten Anlass für Neid? Bedeutet Freiheit für jeden etwas anderes?

Nun, bei mir war es so: Studium konnte ich knicken. Schaffte es zwar an eine Kunsthochschule, als Heizer, nur bis in die Kelleretage.

Knapp ein Jahr war mir da unten Ruhe vergönnt, um neben

der Kohlenschipperei zu malen und zu zeichnen. Meine damalige Freundin Ingrid, die ein paar Etagen höher Kunstseminare besuchen durfte, brachte ihre Kommilitoninnen zu mir Exoten hinunter, und ich hängte meine Grafiken und Bilder an durch den Heizungskeller gespannte Schnüre und erfreute mich an den Ahs und Ohs der Mädchen und an weiteren Ahs und Ohs später in meiner Stube.

Das lief ein paar Monate prima, 'ne richtig geile Zeit, bis mich ein Kerl, dessen Mädchen jauchzend zu meiner Kunstbetrachtung übergelaufen war, beim Referat für Studienangelegenheiten anschwärzte und mir letzten Endes nichts weiter übrig blieb, als die Galerieschnüre in meiner Heizung abzuhängen und mein Exotendasein runterzufahren.

Die Heizerstelle behielt ich solange, bis mich einer von den guten Kerls an der Hochschule in einer kleinen Buchhandlung unterbrachte, wo ich morgens zwei, drei Stunden putzte, damit den Behörden einem geregelten Broterwerb nachzugehen genügte, und die restliche Zeit des Tages, also die wesentliche, Federzeichnungen von den Sehenswürdigkeiten der Stadt anfertigte, die ich en masse an Buchhandlungen, Reisebüros und auf Märkten verkaufte und bald nicht weniger daran verdiente als nach einem Studienabschluss mit Prädikat. Glaubt mir, so ging's weiter fast bis heute, bis zur Wende jedenfalls, bis mir zunehmend die Lust verging, mich hauptsächlich gegen Konkurrenten am POS* zu behaupten. Auszeit, umgucken, umschauen, Ideen tanken, vergewissern. War also nicht alles bewusste Wahl, was mich antrieb, bei weggesperrten zwei mal zwei Metern unter vergitterter Fensterluft kaum zu behaupten. Wurde durchaus abgedrängt, manchmal, weil nicht genug dagegengehalten, manchmal, weil Druck erlegen. Schon möglich: auch Neid-Druck. Was soll Euch nun mein Gelaber, Gesabber, Gemaule? Weiß es selbst nicht, wollte es vielleicht einfach loswerden. Ist's nicht der rechte Platz hier, so sagt's mir.

CH3KK3R (06.02.2015 20:17) 21 ☺ | ☹ 6

Nochmals: Unter uns soll ein Schließer sein. Die feige Sau bekennt sich zu nichts, weil er sich hier aufgeilt. Der holt sich einen runter! Ist es zu fassen, der weidet sich an dem, was wir uns abringen! Die Sau gehört aus dem Verkehr gezogen. Der, der damals Frauen von den Gefangenen anmachte, von wegen „Ende der Besuchszeit", bei ihm sollte es erst losgehen, so richtig. Hafterleichterung versprach er, für einsichtige Einflussnahme, wenn's denn bald ihn erleichterte und dreinfloss. Verständnis simulieren schafft er bis heute, hat's keinesfalls verlernt, hinterhältige Sau. Solche ändern sich nie.

  POS = Point of Sale

Wieso kann der weiter sein Unwesen treiben? Wer stützt diese Sau?

@ Brummbeere: Falls Du das sein solltest, dann fix raus damit. Tätest Dir selbst 'nen Riesengefallen, glaub's mir!

@ Schild: Mach' mal Fleisch bei die Knochen. Blödes Gequatsche vergiftet nur die Atmosphäre. Wir haben genug Heinis im Visier, als dass wir noch Spielchen treiben sollten.

6 Wochen Stephanstr. + 20 Monate G.Elend + verkauft!

CH3KK3R (13.02.2015 20:23)   2 ☺ | 0

Ach Gerald, was für ein Bewerbungsschreiben lieferst Du da vorletzte Woche? Meinst wohl, wir können nicht anders, als uns für wurmiges Dasein zu interessieren?
Sorry, „Wurm" nehme ich zurück. Also zum „Dasein", ganz neutral: Sollen wir Bravo rufen zu Deinem Leben, Deine einzelnen Stationen beklatschen? In Tränen ausbrechen? Dafür, dass Du auf die unterschiedlichen Wege nach der Haftzeit verweist, die zu verschiedenen Ansichten führen. Dafür hast Du Dein „Danach" schön breit ausgewalzt. Gibt ja manchmal zu wenig Aufmerksamkeit für die kleinen & großen Lebensleistungen. Sei Dir gegönnt. Für meinen Teil rückt mir das zu nah auf die Pelle, übrigens nicht allein im Forum. Muss mich

jetzt darum kümmern. Ist nicht ganz klar, ob das Kindergarten ist oder eine dumme Bande oder mehr.

6 Wochen Stephanstr. + 20 Monate G.Elend + verkauft!

G.Nosse (16.02.2015 16:15)   18 ☺ | ☹ 21

Ja CH3KK3R, halt´ den Ball flach und kümmere Dich besser um die wesentlichen Dinge. Ein Motto für den Weg: Immer schön den Arsch an die Wand! Garantiert `nen freien Blick in den Raum, kannst Du brauchen. Puh. Damit sind nun zwei außer Gefecht. Wird doch! Hoffe, dem Rest geht auch bald die Luft aus. Haltet Euch an die Lebendigen, meidet die Untoten! Lebt! Dieser Wunsch sollte mich für Euch einnehmen, weil ich's ehrlich meine. Sagt brav Tschüss zueinander und widmet Euch dem, was rechts und links passiert.

He Amigos, schaut nach vorn!

@ Brummbeere: Wünschst Du eine Danksagung? Dass wir ein klasse Gespann waren? Kollektiv hieß das ja (jetzt blicke ich selbst nach hinten). Also Brummbeere: Freue Dich über die falschen & die echten Freunde & beide zu unterscheiden. Und ein „Dankeschön" wäre auch mal angebracht. Durchaus.

@ all: Nun habt Ihr den einen, auf den Ihr Euch einschießen könnt. Los geht's! Und: Übt Milde, übt, übt.

Ad007 (19.02.2015 09:40) 8 ☺ | ☹ 27

Hallo zusammen, alle Faschingskater mittlerweile ausgetrieben?
Mal eben was Organisatorisches: Bitte in die „Zeitschiene" eintragen, soweit noch nicht geschehen. Ohne dem Rechenschaftsbericht des Vereinsvorstands vorzugreifen: Wir benötigen Spenden! Zwar tummeln sich erfreulich viele im Forum, nicht alle aber sind Mitglied und zahlen Beitrag. Also bitte spenden, gern auch anonym. Damit verbunden der Wunsch nach Verstärkung im Vorstand, zumindest bei der aktiven Vereinsarbeit. Wie gesagt, Details folgen im Rechenschaftsbericht, aber momentan deutet sich an, dass ich allein dastehen werde. Ich kümmere mich sehr gern, das Forum liegt mir am Herzen, muss aber auch schaffbar sein neben Brotjob, anderen Verpflichtungen. Geht bitte in Euch, ob Ihr helfen könnt, wollt, möchtet. Die Anzahl der schreibenden Forumsmitglieder ist nach unserem Neustart zu Weihnachten überschaubar, noch, hoffentlich. An Lesern insgesamt gibt es freilich an manchen Tagen 40 bis 50, die hier reinschauen, nach Neuem stöbern. Gebt Euch einen Ruck, probiert's mal für ein halbes Jahr oder so. Die Aufgabe ist wichtig, wisst Ihr ja, unser Anliegen, Ihr klickt ja nicht von ungefähr immer wieder rein.

Und noch eins: Der Ton wird manchmal zu ruppig. Bitte keine Schläge unter die Gürtellinie, wir wollen niemanden sperren, das sollte die letzte Möglichkeit bleiben.

Einen besonderen Gruß an Gerald! Hut ab vor Deinem, na ja, ich sag´ mal: Freimut. So öffentlich Bilanz ziehen und auch die Scharten nicht ausgespart. Alle Achtung und hör´ nicht auf Quatschköpfe.

Gerald (01.03.2015 19:22)   67 ☺ | ☹ 13

Danke Ad007! Ehrlich gesagt, wär´s beinahe verwunderlich ohne blöden Spruch, obwohl in diesem Forum nicht unbedingt zu erwarten. Ist ja nicht die einzige Runde, in der das uns so Wichtige zur Sprache kommt, online wie analog. Habe mich frühzeitig für solche Diskussionen interessiert, auch eingebracht, vehement sogar. Ging anfangs schief, da war alles noch zu frisch und es blies enorm Gegenwind: „So sei das gar nicht gewesen" … „War ja nicht alles schlecht" … „Jedem Staat ist seine Souveränität wichtig" … „Gefängnisse gibt es überall auf der Welt" … „Nicht jeder durfte ein Held sein" … „Man solle sich nicht zu wichtig nehmen". Wie unendlich viele Male kam mir der Moment in den Sinn, als ich, ja, vom Glauben abfiel. Bis dahin war ich eingefahren, weil ich wohl durchaus etwas getan haben musste, blöd gelaufen & selber schuld. Meine erste TK, mir nicht klar, was es an dem Samstagnachmittag nach dem Revier-Reinigen zu bedeuten hatte, das Kommando: „Raustreten in Unterwäsche!" Kannte ich ja nicht: TK = Tätowierkontrolle. Ein Pünktchen unterm Auge: die Pennerträne. Drei Pünktchen im Daumenwinkel: schwul, pervers, arbeitsscheu. Fünf Pünktchen auf den ersten Fingergliedern der rechten Hand … Ich war dran und in die Stube beordert mit dem Befehl: „Alles runter!" und auf dem Schreibtisch des Schließers lag meine Akte, die Seite aufgeschlagen mit den punkt-, linien-, musterfreien Umrissen von Hand, Gesicht, Korpus und mir dämmerte, während ich zögerlich die Unterhose herab ließ, dass nun eine Art Visite anstand. „Haltung anehmen! Hände an die Seite! Nein, verdammt! Was peilt mich Dein Stummelschwanz so an? Ordinäres Schwein! Raus, draußen warten!" Und wie ich da so blank an der Wand des Barackenflures harrte, spürte ich regelrecht die Zeit meiner Haft abperlen, während an mir vorbei ein anderer Schließer mit seinem Schlagstock einen wirr drein blickenden, wie spastisch zuckenden, sabbernden, vollgeschissenen Mitgefangenen in die Stube dirigierte, vor der mir zu warten geheißen war. Nun bot sich der erbarmungswürdige Anblick der Entkleidung eines Mannes, der in Exkrementen und minderem Dreck dennoch gekleidet blieb, und dem der Schließer nach der TK die während dessen tage-

oder wochenlanger Mumpezeit eingegangene Post aufgerissen in die Armbeuge drückte, zwei aufgerissene Briefkuverts und ein Päckchen aus Karton, Pack-, Zeitungspapier, zerschnittener Wurst, zerkrümeltem Kuchen, ausgequetschter Zahncremetube, Kaffeebohnen, Tabak- und Teekrümeln, ein Päckchen Müll, mit dem der aus der Mumpe davon wankte, und ich sperrte mich ab sofort, so durch weitere Jahre verwiesen zu werden, egal ob drin oder draußen.

Anfangs kümmerte mich Gemaule und peitschte noch mehr Wut. Die Sprüche braver Bürger, stets auf Linie. Links, zwo, drei. Mich drängte es zur Rache, ja, ja, damals kaum mit kühlem Kopf, absurd, bis ich begriff, mich nicht wichtig zu nehmen. Es juckte keine Sau. Die frisch gewendete Öffentlichkeit war dessen überdrüssig. Die brauchte noch, da war weder zu reden noch zu erklären. Fielen Namen, so wurden sie ruckzuck aufgegriffen von denen, wie sich später heraus stellte, denen Ablenkung zupass kam. Internet und Foren wie dieses kamen erst später auf. Und wir mussten uns erst einmal finden.

G.Nosse (10.03.2015 02:19)   9 ☺ | **22**

Jetzt reicht Ihr Findelkinder Euch im Kreis die Hände und weiterhin interessiert's keine Sau! Letztlich seid Ihr stinknormale

Kriminelle wie es sie tatsächlich in jedem Staat gibt und derer sich jeder Staat erwehren muss, indem er sie wegschließt. Seht's mal so: Hat's Euch etwa nichts gebracht? Ihr wurdet erträgliche Bürger, beherrscht sogar weitgehend Orthografie und Grammatik. Beginnt endlich, damit etwas anzufangen.

Weiter ist Euch nicht zu helfen.

Weiter nicht.

Engel_133 (20.03.2015 23:24)   17 ☺ | 4

Mein Vorredner hat 'ne bissige Art, doch gewiss nicht ganz unrecht. Mit Schwarz-Weiß-Malerei kommen wir nicht weiter. Ich will keinem sein Leid und seine Erfahrungen in Abrede stellen. Klar hat das gleiche Schicksal uns zusammen gebracht, dass wir für etwas verurteilt wurden und unsere Zeit abzusitzen hatten. Soweit die Fakten. Nun gut, hier wird gern problematisiert, welcher Sachverhalt den Urteilen zugrunde liegt und wie peinigend und alle Rechte missachtend die Haft verlief. „Problematisiert" soll keineswegs verharmlosend gemeint sein oder herablassend, einfach nur nüchtern. Außerdem ist es lange her, wenn ich die Zeitschiene betrachte, bei manchen mehr als vierzig Jahre. Da färben die Ereignisse sich bei dem einen rosarot, beim anderen ins Graue und schwärzer. Da sollte schon alles berücksichtigt sein, nüchtern betrachtet. Die Sache ist doch glasklar. Wieviel Zeit ist vor dem Knast vergangen und wieviel danach? Einer hat's hier, glaube ich, schon mal gesagt. Haben wir eine lupenreine Knastkarriere hingelegt? Nein! Ich nicht und keiner von Euch. Jeder ist seinen Weg gegangen, wie auch immer, keiner jedenfalls weiter durch die Knäste des Landes. Warum soll man es nicht so sagen: Jeder ist zu einem gestanden Mann geworden in seinem Beruf, gewiss, mehr oder weniger. Das aber ist es, was uns zu allererst ausmacht, mehr als Haft, um die allein hier alles geht. Und über die Jahre nach der Haftzeit, liebe Forumsfreunde, weiß einer vom anderen herzlich wenig. Gut so! Also, was tun wir hier wirklich? Täte mich nicht wundern, wenn's am Ende heißt, alles nur ein böser Traum.

Bist du auch keineswegs unschuldig eingefahren, deine Unschuld verlierst du erst hier.

Brummbeere (23.03.2015 06:03)   14 ☺ | 2

Hallo Gerald, Deine erste Tätowierkontrolle hättest Du gleich nach dem Einfahren in den Strafvollzug haben dürfen, ist Standard, mit dem Laufzettel zu Kleiderkammer, Arzt, TK, vielleicht noch Einsingen bei der Leitung, dann üblicherweise stundenlanges Warten in einer Einzelzelle, dann Einrücken in die Stube unter dem „Zarter! Frischfleisch! Rotarsch!"-

Gegröle der Altknackis. An der Stubentür den Handtuchtest habe ich verkackt, wie's gar nicht anders sein könnte, hatte mir die Schuhe drauf abgetreten, prompt 'ne Faust auf der Zwölf, war mein eigenes, frisch ausgehändigtes Handtuch auch gleich los. Und weiter: Im Dreistockbett meine Pritsche ganz oben im Miefstau der Fünfzehnmannbude, im Spind mein Fach ganz unten im Einzugsbereich von Kakerlaken, Mäusen, manchmal fetten Ratten. Nach dem „Licht-aus" ein kräftiger Tritt vom Bett unten drunter gegen meinen Federrost, Sturz samt Matratze, schmerzhafter Aufschlag auf den Dielen, Gejohle zum Abschluss des ersten Tages. ... Wie wollte ich das durchstehen? Wenn der erste Tag so arg verlief und Monate, unter Umständen durchaus Jahre folgen sollten? Der Zugführer = Kapo sah bei meiner ersten Schicht, was los war. Zum Leiter bestellt kam sein zweiter Mann mir zuerst mit guter Führung, mit klarem Standpunkt, kontinuierlicher Positionsbestimmung für eine ehrliche Wiedergutmachung, um dann herauszurücken. Unter absoluter Verschwiegenheit. Geheimhaltung mit allen Konsequenzen bei Fehlverhalten. Womöglich unterschrieb ich was, dass ich bei einer Studie mitwirken werde. „Anforderungen und Methoden der Erschütterung destruktiven Aussageverhaltens Beschuldigter durch Suggerieren sicherer Beweisführungsmöglichkeiten". So direkt rückte er damit heraus. Der Major, der die Studie durchführe, würde mir meinen Part selbst erklären. Ich sei intelligent und mir sei zuzutrauen, einen Mitgefangenen zu beurteilen, insbesondere, wenn er frisch vom Verhör in die Zelle zurückkehrt, seine Wut, Angst, was hängen geblieben war, was beeindruckte, beschäftigte, damit's leichter lief für alle Beteiligten. Meine Verhöre wurden ab dann Rapport, mehr nicht. Habt Ihr doch mehr oder weniger gewusst, wie sowas ablief! Vielleicht nicht im Detail, aber doch im Groben! Tut nicht so! Und Ihr ward froh, dass es Euch nicht traf! Und jetzt jammert CH3KK3ER, als hätte es ihn am härtesten erwischt und er könne Rechenschaft fordern. Nicht auszuhalten. Mit mir nicht mehr! Ich bin raus.

Vergiss nie Deine Träume, hier kannst Du Dich ihrer vergewissern.

Engel_133 (30.03.2015 16:01)　　　　12 ☺ | 3

Bin mit einem großen Schritt über's Handtuch und direkt in eine Faust, und Stubendienst hatte ich dann für die ganze Woche, kein unüblicher Einstieg, nicht das Schlimmste. Tja, was war das? Vom Ende her betrachtet: Die Aggressionen untereinander galt es Tag für Tag auszuhalten. Das machte Furcht, ängstliche Nächte und wirre Träume damals aus. Die Ohnmacht, dem überhaupt ausgesetzt und da gewesen sein zu müssen, schreckt mich bis heute immer wieder aus dem Schlaf. So liegen die Gewichte. So drückt mich die Last in dieses Forum hinein. Nun langt's, keine Lust mehr.

Noch eins zu Brummbeere: Mir wurde gezwitschert, der durfte sich gern mal von der Truppe entfernen, sei bei der Senatskatze ein- und ausgegangen. Hab´ `ne ungefähre Vorstellung, welchen Schmerz der dahin getragen hat. Die und ein paar Episoden mehr sind ihm entfallen? Der Kerl lässt sich was nachsagen. Und lässt sich nicht mehr zur Rede stellen. Im PM[*] keine Reaktion. Habe Telefonnummer besorgt: Niemand nimmt ab, nicht mal Anrufbeantworter. Bin vorgefahren bei ihm: Keiner macht auf. Wenn's Faulheit wäre, die ihn sich nicht rühren lässt, dann hülfe womöglich nur ein Tritt. Hier ist nichts mehr los. Macht's gut.

Bist du auch keineswegs unschuldig eingefahren, deine Unschuld verlierst du erst hier.

Schild (01.04.2015 21:57) 7 | 3

Mauern könnt ihr prima, gelernt ist wohl niemals verlernt. Brummbeere schwiemelt und druckst herum, kein Schließer, der sich bekennt. Dabei sollen sich alle versöhnen, ich mich mit einem, der mir nachstellt! Was also anfangen mit solchen

---

[*] Private Mode

Blindgesichtern? Luftgespenstern? Alles Hirngespinst, was einst war? Wenn ich denn einst selbst etwas auszustehen gehabt hätte, das sich mir nun in Luft auflösen sollte. Weiter von der Seitenlinie aus zu trompeten, führt zu nichts. Mag niemanden zum Jagen tragen.

G.Nosse (02.04.2015 10:22) 0 ☺ | 0

Hallo zusammen!
Nein, ich bin nicht G.Nosse oder ein anderer seiner Mitstreiter, sondern der echte Administrator. Die technische Panne im Herbst war nicht wirklich behoben, wie sich jetzt herausstellt. Zufällig, will nicht weiter darauf eingehen. Sorry. Hier posten angeblich acht Leute, die kamen jedoch alle von ein und derselben Person. Bestimmt sagt jemandem „Sockenpuppe" etwas. So soll es nicht sein. Eventuell konntet Ihr als Leser dennoch was mit den Posts anfangen.
Weitere Posts wird's nicht geben und das Forum in den nächsten Tagen abgeschaltet. Über die Startseite könnt Ihr bei anderen mitmachen oder auch ein neues beginnen.

Bei TWENTYSIX erschienen weiterhin:

Thanassis Nalbantis *Flüchtiger Kuss* **Gedichte**
Hardcover im Schutzumschlag / E-Book
ISBN 978-3-740-72716-1

Thanassis Nalbantis *Glücklich* **Fünf Erzählungen**
Hardcover im Schutzumschlag / E-Book
ISBN 978-3-740-72887-8

www.Nalbantis.de